ANTONIN BUNAND

PLEIN AIR

PARIS

ALPHONSE LEMERRE, ÉDITEUR

27-31, PASSAGE CHOISEUL, 27-31

1887

PLEIN AIR

ANTONIN BUNAND

PLEIN AIR

POÉSIES

PARIS

ALPHONSE LEMERRE, ÉDITEUR

27-31, PASSAGE CHOISEUL, 27-31

1887

A Sully Prudhomme.

Qu'un autre chante haut les gloires de la femme
Et la Beauté, soleil où se brûle notre âme,
Qu'il chante Eve ou Vénus, blonde fleur de la mer,
Qu'en rhytmes embrasés d'une fièvre mystique
Il fasse rutiler dans un fauve cantique
    Les strophes rouges de la chair ;

Moi je veux humblement chanter l'âme des choses,
La force de l'yeuse et la splendeur des roses,
Les modestes coteaux, les pics audacieux,
La source de cristal et le fleuve sonore,
Les pourpres du couchant, les lilas de l'aurore,
L'apaisement des nuits sous le dôme des cieux.

Moi, je veux célébrer les forêts, voûtes d'ombre,
Les taillis tiquetés de fleurettes sans nombre,
La houle des blés mûrs et les moires des prés,
Les étangs persillés par la glauque lentille,
Et le ruisseau jaseur où l'ablette frétille
     Sur un lit de cailloux nacrés

Je voudrais, en des mots imbibés de lumière,
En des vers saturés de senteur printanière,
Exalter l'anémone à la blondeur de miel,
Les bourgeons éclatant le tissu de leurs gousses,
Et les myosotis qui constellent les mousses,
Comme des pleurs tombés des yeux d'azur du ciel.

Je voudrais simplement tresser une guirlande,
Marier la primevère au genêt de la lande,
Les grappes de l'hièble aux grappes du cormier ;
Peindre les prés vêtus d'un manteau d'émeraude,
Le village, la ferme exalant l'odeur chaude
     Des étables et du fumier.

Terre, salut ! C'est toi la mère universelle ;
Le fleuve de la vie en tes veines ruisselle,
Tu laisses s'épancher de tes seins opulents
Une source de lait qui n'est jamais tarie,
Le sourire à la lèvre, en nourrice attendrie,
Tu livres sans compter le trésor de tes flancs.

L'hiver même, l'hiver, alors que tu reposes,
Ton sommeil est fécond dans la torpeur des choses.
Tu couves en ton sein les germes assoupis,
Et revienne l'avril à l'haleine vermeille,
Sous ses baisers le cœur du germe se réveille
     Prêt à jaillir en vert épi.

Ta glèbe est notre chair, notre sang est ta sève.
Aux premières tiédeurs, quand la semence lève,
Quand le bourgeon tremblote aux rameaux, où les nids
Abriteront bientôt des couples solitaires,
Nous sentons notre sang bondir dans nos artères
Et le désir rouler en nos sens rajeunis.

C'est de toi que tout sort, en toi que tout retombe ;
Tu fus notre berceau, tu seras notre tombe :
C'est dans ton large sein que nos membres, flétris
Au souffle de la Mort, ô Terre Nourricière,
Un jour redescendront se fondre en la poussière
      Dont un jour tu les as pétris.

Entraînés par le cours de tes métamorphoses,
Nos corps, en rejetant le poids des tombes closes,
Pour vêtir de nouveaux jours, se redresseront ;
Tu feras circuler dans les veines du hêtre
Notre sang, notre chair tu la feras renaître
Et s'épanouir dans le cœur des liserons.

Va, ton giron n'est pas encor las de produire,
Et longtemps le soleil brillera pour conduire
Dans l'éther le circuit de ton orbe géant,
Longtemps il gonflera tes mamelles fécondes,
Avant que le Destin t'arrache au chœur des mondes
      Pour t'engloutir dans le Néant.

O Terre, dans mes vers, comme dans tes ramures,
Fais glisser tes frissons, tes parfums, tes murmures,
Fais chatoyer sur eux ton clavier de couleurs,
Pour traduire l'éclat de son flanc qui halète,
Octobre prête-moi l'orgueil de ta palette,
Juin tes rayons, Avril tes amandiers en fleurs.

Donc, allons nous plonger dans les vagues des herbes,
Cueillir les fleurs de la prairie à pleines gerbes,
Et nous piquer les doigts aux ronces des sentiers ;
Partons courir les champs : en ce temps de névroses
Il est bon quelquefois de respirer des roses
      Sur les tiges des églantiers.

Je voudrais ciseler en des strophes de marbre
La grâce du buisson, la majesté de l'arbre,
Les calices perlés par la rosée en pleurs ;
Je voudrais imprégner mes vers de leur haleine,
Car l'homme m'a paru mesquin auprès du chêne,
La femme bête auprès des fleurs.

Mars 1887.

LA SIESTE

Croquis de Moisson

A Joséphin Soulary.

Les lourds épis fauchés s'arrondissent en meule.
Auprès, les moissonneurs écrasés de sommeil,
Leurs membres étalés dans une pose veule,
Gisent, la tête à l'ombre et le ventre au soleil.

Midi ! c'est l'heure aux champs où tout repose ; seule,
Le dos courbé, les yeux fureteurs en éveil,
Se traînant pas à pas dans le sillon vermeil,
Une vieille en haillons glane à travers l'éteule.

Au bout du champ là-bas sous un grand châtaignier
Où l'on a mis le vin au frais dans un panier,
Un enfant presque nu gigotte et rit dans l'herbe.

Tandis que les grillons crécellent à l'entour,
Un couple enlacé sur le lit d'or d'une gerbe
Egrène les épis sous ses ébats d'amour.

LE CHÊNE

LE CHÊNE

A Leconte de Lisle.

J'ai rêvé bien souvent d'être un arbre, un grand arbre,
J'ai rêvé de monter droit dans l'air comme un fût
De pilier, et sur mon tronc plus dur que le marbre
D'asseoir le large dais de mes rameaux touffus.

Je voudrais, sur les monts, plonger, ainsi qu'un chêne,
Mes pieds au cœur du sol, mon front en plein azur,
Puissant à ne sentir le vent qui se déchaîne
Que comme un doux frisson sur mon cimier obscur.

*
*   *

L'hiver sous le ciel gris, accrochant à mes branches
La neige en girandole et le givre en festons,
Je m'épanouirai sous ces floraisons blanches
En attendant qu'Avril cisèle mes chatons.

Dans mes canaux gonflés quand l'afflux de la sève
Montera, secouant les torpeurs de l'hiver,
Je verrai mes rameaux nus, dont l'écorce crève,
S'incruster de bourgeons roux pointillés de vert.

Et rajeuni, je bruirai du babillage
Des lavandières qui descendront se poser
Sur le réseau tremblant de mon jeune feuillage
Que la brise du soir bercera d'un baiser.

L'été, j'arrondirai mon dôme de verdure
Pour offrir aux amants des asiles discrets
Où jurer leur serment éternel... et qui dure
Moins que la primevère aux sentiers des forêts.

Dans un frémissement je verrai l'aube pâle
Emerger, hésitante, au bord de l'horizon,
En semant sur les plis de sa robe d'opale
Scabieuses, lilas et roses à foison.

Alors dans les frissons de la terre éveillée,
Le linot, la mésange et le chardonneret,
Blottis sur les gradins de ma haute feuillée,
Acclameront le jour au nom de la forêt.

Je couvrirai mes pieds d'un tapis de lavande,
Et, le tronc emperlé des larmes du matin,
Je humerai le vent charriant de la lande
Les amères senteurs du genêt et du thym.

Dans la mousse, à mes pieds, sous l'abri des fougères,
Les lapereaux furtifs pour broutiller viendront.
J'entendrai tintinner les clochettes légères
Des roses cyclamens et des rhododendrons.

Aux feux du plein midi, sous ma ramure noire
Où vocalisera doucement le bouvreuil,
J'aurai pour me mirer la source, où montent boire
En froissant les ajoncs, le faon et le chevreuil.

Tandis que le soleil criblera les clairières,
Les abeilles, quittant les toits de leurs ruchers,
Vrombiront à l'entour en pillant les bruyères
Et les perles du myrte aux fentes des rochers.

Les taons et les bourdons gronderont sous mes frondes,
Des élytres de bronze et d'argent vibreront,
Et parfois une guêpe effarera la ronde
Que dans un rayon d'or mènent les moucherons.

En Juin, si l'ouragan sur la forêt s'écroule
Et fait craquer la peau de mon torse géant,
J'affronterai sans peur la rafale qui roule
Et creuse la forêt ainsi qu'un Océan.

Alors qu'autour de moi les ormes, sous la rage
De la tempête, ainsi que des osiers ploieront,
J'attendrai, n'opposant qu'un sourire à l'orage,
Les baisers du soleil pour essuyer mon front.

Le soir, quand le soleil à l'Occident s'abime
Et plonge dans des flots de nuages cuivrés,
Face à face avec lui, je dresserai ma cime,
Eployant mes rameaux de lumière enivrés.

Aussi ferme qu'un roc planté sur les falaises,
Ecrasant de mon front les arbres d'alentour,
Frênes, pins et sapins, et fayards et mélèzes,
Je trônerai comme un monarque dans sa cour.

Puis la lune poindra, lente, dans un sillage
De nacre sur le ciel de lapis ; et frangeant
Les nuages d'ourlets cendrés, dans mon feuillage
La lune accrochera sa faucille d'argent.

Par les tièdes nuits d'août, les gerbes embrasées
Des météores descendront d'un vol subit,
En sillonnant l'azur du jet de leurs fusées,
Piquer mon casque noir d'aigrettes de rubis.

Sous la voûte des cieux plombés, lorsque Novembre
S'en vient peindre le sol de son large pinceau,
Et verser sur les bois des plaques d'or et d'ambre,
Je draperai mes bras de pourpre et de ponceau.

Et dans le tournoîment de mes feuilles tombées
Qui tendront d'un linceul de rouille le coteau,
Morne, j'écouterai le vol des scarabées
Bourdonnant à travers les trous de mon manteau.

***

Je voudrais, sur les monts, plonger, ainsi qu'un chêne,
Mes pieds au cœur du sol, mon front en plein azur,
Puissant à ne sentir le vent qui se déchaîne
Que comme un doux frisson sur mon cimier obscur.

Et là, calme, oubliant l'âpre souci de vivre,
Ne sentant plus de cœur pour aimer... pour souffrir,
Sans tourments de pensée et sans but à poursuivre,
Je n'aurais que l'instinct de croître et de fleurir.

LA NEIGE DE NOEL

Ballade blanche

A Théodore de Banville.

L'essaim des flocons blancs tournoie,
Comme un vol de blancs papillons,
Et glace d'un reflet de soie
Dômes, toits, murs et pavillons.
Sous le ciel éteint, sans rayons,
Blanche, blanche, elle glisse et tombe
En dardant ses drus aiguillons,
La neige au duvet de colombe.

Sur le sol noir elle déploie
Sa robe blanche aux blancs paillons ;
Dans l'air grisâtre elle chatoie
Et fleurdelise les haillons
Des gamins, aux nez vermillons,
Qui se lancent, comme une bombe
Eclaboussant leurs bataillons,
La neige au duvet de colombe.

Hardi ! les compagnons de joie,
Noël tinte ses carillons,
La bûche dans l'âtre flamboie ;
Voici la nuit des réveillons,
Sur table boudins et rillons
Dressent une grasse hécatombe,
Tandis que valse en tourbillons
La neige au duvet de colombe.

Envoi :

Dieu, prends pitié des oisillons,
Il en est plus d'un qui succombe :
La neige a comblé les sillons,
La neige au duvet de colombe.

A MA MÈRE

A MA MÈRE

Je regrette parfois les jours, les jours défunts,
— Jours, trop tôt envolés, de ma pieuse enfance —
Où la foi m'embaumait de candides parfums,
Pur comme un liseron que la brise balance.
Je regrette parfois les jours, les jours défunts.

J'évoque en mon passé les murs d'une chapelle,
Les piliers dont les fûts jaillissent en faisceaux,
L'autel avec sa nappe aux festons de dentelle,
Les lustres en cristal qui pendent des arceaux.
J'évoque en mon passé les murs d'une chapelle.

Des aromes d'encens fument des encensoirs.
Leur nuage bleuté s'éparpille en spirales
Qui montent se briser aux angles des voussoirs.
Plus fins que des flocons de brumes vespérales,
Des aromes d'encens fument des encensoirs.

L'autel s'épanouit, fleuri de gerbes blanches,
De jasmins étoilés, de lys, de lilas blancs ;
Les candélabres d'or, arborisés de branches,
Rutilent sous les feux des cierges vacillants.
L'autel s'épanouit, fleuri de gerbes blanches.

Le soleil du matin darde sur les vitraux.
Les atomes blondis dansent leurs sarabandes,
Tandis que, transperçant le damier des carreaux
Et zébrant l'air épais de radieuses bandes,
Le soleil du matin darde sur les vitraux.

Sur les manteaux des saints et les robes des saintes
Il fait flamber les ors, saigner les vermillons,
Et les verts, les cobalts, se ravivent de teintes
Plus chaudes, au brasillement de ses rayons
Sur les manteaux des saints et les robes des saintes.

Par terre ses reflets étalent des écrins
De rubis, de saphirs, de turquoises, d'opales.
Ainsi qu'un chapelet de joyaux dont les grains
Se seraient égrenés en roulant sur les dalles,
Par terre ses reflets étalent des écrins.

L'orgue, là-haut, déferle en vagues de tempête,
Il clangore et rugit, et son souffle est pareil
Au fulgurant fracas d'airain de la trompette
Sonnant, au jour du Jugement, le grand Réveil.
L'orgue, là-haut, déferle en vagues de tempête.

L'orgue, là-haut, clapote en un frais gazouillis,
Plus frais que le soupir du vent, quand il retrousse
Les feuilles des bouleaux tremblants dans les taillis ;
Tel un susurrement de source sous la mousse,
L'orgue, là-haut, clapote en un frais gazouillis.

Le chœur des assistants se courbe vers la terre,
Et sur les fronts prosternés plane un saint émoi
Quand le prêtre, d'un geste auguste de mystère,
Fait rayonner l'hostie, étoile de la foi.
Le chœur des assistants se courbe vers la terre.

Je regrette parfois les jours, les jours défunts
Où, chaque soir, avant de clore mes paupières,
Mon âme ouvrant son vol, mon âme aux blancs parfums,
S'enlevait dans le ciel sur l'essor des prières.
Je regrette parfois les jours, les jours défunts.

A POINTE D'AUBE

A POINTE D'AUBE

A Émile Zola.

L'aube point. Vénus morne
Cligne et s'éteint; la corne
De la lune décroît
    Dans le ciel froid.

Dans le ciel froid et pâle
Une cendre d'opale
Poudroie à l'horizon
    En floraison.

L'aube éclot. La colline
Voile de mousseline
Les vignes et les champs
De ses penchants.

Le brouillard s'effiloche
Aux angles de la roche,
Et calfeutre les trous
Des ravins roux.

Comme un ruban de tulle,
Sur les prés il ondule
Et revêt le gazon
D'une toison.

En bas le ruisseau fume.
De blancs flocons de brume
Se traînent d'un vol lourd
Sur les labours.

Une écharpe de gaze
Plane dans l'air, et rase
La cime du bouleau
    Penché sur l'eau.

     *
*   *

L'aube monte, vermeille.
Peu à peu tout s'éveille,
Et du chêne au buisson
    Court un frisson,

Le frisson de la vie
Qui renaît, et convie
Ses hôtes au retour
    Rose du jour.

Aux branches violettes
Pendent des gouttelettes ;
Dans l'herbe, à chaque brin
        Luit un écrin

De rubis et de perles.
Dans un taillis, des merles
Déjà sifflent en chœur
        Un air moqueur.

Le liseron déplisse
Lentement son calice,
Effleuré par le vol
        Du rossignol.

Sous le corymbe orange
D'un cormier, la mésange
Débite son couplet
        Au roitelet.

Au bord de l'onde bleue,
L'aile du hoche queue
Frémit sur les fuseaux
　　Noirs des roseaux.

La fauvette trottine
Sur la berge argentine.
En haut d'un alisier,
　　A plein gosier

Le bouvreuil vocalise,
Le pinson rivalise
Avec le sansonnet,
　　Sur un genêt.

Flic ! floc ! flac ! dans la mare
Les rainettes qu'effare
Un frisselis de joncs,
　　Font des plongeons.

Tout bruit sur la rive.
Dans les vignes, la grive,
Entre les échalas
    Des chasselas,

Glisse ; son bec attrape
Au passage une grappe,
Et boit avec entrain
    Le jus du grain.

Des sillons gris de brume,
En secouant sa plume,
L'alouette, d'un trait
    Dans l'azur frais

S'enlève ; dans le vide
Elle plonge, rapide,
Puis monte, monte encor
    D'un libre essor.

Et toujours dans l'espace
Elle trace et retrace
Son vol étincelant,
  En grisollant.

Au cœur des campanules
Vibrent les libellules ;
Le papillon suspend
  Son vol pimpant

Aux églantiers des haies,
Où s'empourprent les baies
Que piquent les moineaux
  Et les linots.

En corset d'émeraude,
La cantharide rôde,
Traînant son vol ronfleur
  De fleur en fleur.

Les bruns essaims d'abeilles
Houspillent les corbeilles
Des serpolets, des thyms
 Et des plantains.

Et sur le blanc pétale
D'un liseron s'étale
Lourdement le bedon
 D'or d'un bourdon.

D'un bouquet de genièvre,
Au coin d'un bois, un lièvre
Brusquement a surgi.
 Le nez rougi,

Il aspire l'espace,
Hume le vent qui passe,
Trotte, grignotte un brin
 De romarin ;

Il se frotte, se lèche,
Soudain, comme une flèche,
Il détale d'un bond,
    Le vagabond.

*
*   *

Mais, dans l'air diaphane,
Les coqs de leur diane
Appellent au travail
    Gens et bétail.

Et, déjà, bœufs et vaches
Pataugeant dans les flaches
D'ornières, à pas lents,
    Les flancs ballants,

Débouchent par les sentes
Aux talus verts de menthes
Et par le lit pierreux
    Des chemins creux.

Le pâtre, avec sa gaule
De fayard sur l'épaule,
Les suit, en fredonnant
    Un air trainant ;

Le son de leur clochette
Qui brimballe et cliquett e,
En tintinnant s'éteint
   · Dans les lointains.

UN SOIR D'ÉTÉ

UN SOIR D'ÉTÉ

A François Coppée.

Au revers du talus elle s'assit pour voir
Un troupeau défilant au bord de l'abreuvoir.

Les bœufs courbaient leur mufle argenté par la bave
Vers la terre, tandis que ballotant l'entrave
Qui pend sur leur garrot, les vaches aux gros pis,
Aux flancs que le fumier et la vase ont crépis,
Précédant à pas lourds les boucs et les ouailles,
Marchaient, faisant tintinnabuler leurs sonnailles.

Elles levaient la tête et promenaient sur nous
Leurs grands yeux étonnés, si profonds et si doux
Qu'on les dirait emplis par un rêve sans borne.
Puis venaient les béliers tassés en bande morne
Qu'un caniche efflanqué talonnait. Le berger,
Un enfant de dix ans, accoté contre un saule,
Le béret en arrière et la main sur sa gaule,
Sifflotait doucement un air pour engager
Les bêtes à tremper leurs museaux dans l'eau claire.
Qn entendait encore au loin dans une cour
De ferme, les fléaux battant le sol de l'aire
De leurs coups cadencés. C'était là fin du jour.

Vaches, bœufs et moutons disparus, nous partîmes.
Un vent frais et léger ondoyait dans les cîmes
Des tilleuls odorants qui bordaient le chemin.
Serrés l'un contre l'autre et nous pressant la main,
Nous allions, sans un mot, heureux, l'âme ravie,
Les poumons baignés d'air pur, aspirant la vie.
Elle voulut alors descendre un chemin creux

Hérissé de cailloux et sillonné d'ornières,
Qui dévale à travers des champs et des marnières,
Comme un torrent à sec au lit de sable ocreux.
Un large pré s'ouvrait au bout : les renoncules
Avec les pissenlits aux tendres pédoncules
Mouchetaient le gazon d'éclaboussures d'or.
Et, dans l'éclosion chaude de messidor,
Coquelicots au cœur de pourpre, aux tiges frêles,
Euphorbes à l'ombelle orange, sainfoin, prêles,
Liserons veinulés aux calices fluets
Que le moindre contact raye et flétrit, bluets,
Sauge au parfum musqué, trèfle aux sanglants panaches,
Saponaires et thyms, fenouils dentelés, aches,
Cressons au vernis vif, plantains d'un blanc pâli,
Myosotis aux yeux de lapis-lazuli,
Menthes au suc poivré, sarrettes, pimprenelles,
Campanule à grelots zinzolins, triolets,
Luzernes, vergerette aux fleurons violets,
Pâquerettes aux cils blancs, aux jaunes prunelles,
Autour de nous enfin, tout le peuple des fleurs,
En touffes, en massifs, en corbeilles, en gerbes,

Fourmillait, souriant sur le tapis des herbes,
Et faisait éclater ses gammes de couleurs.
Au fond un rang épais de vieux saules et d'ormes
Penchait ses troncs gibbeux et ses membres difformes
Sur le miroir bruni d'un marais où, blafards
Et vides, s'étoilaient les yeux des nénuphars.
Vers ce bouquet touffu, sous le couvert d'un saule
Dont les branches pleuraient, nous vînmes nous asseoir,
Les doigts entrelacés, son front sur mon épaule.
Le jour de plus en plus fuyait devant le soir.

O lointains souvenirs ineffables! La cendre
Du crépuscule gris commençait à descendre.
Dans l'air tout bruissait de ces vagues frissons
Qui vibrent au déclin du jour dans la campagne,
Et que le dernier chant des oiseaux accompagne.
Peu à peu tout se tut : mésanges et pinsons,
Nichés sur les rameaux tremblants des bouleaux grêles,
S'assoupirent, cessant leurs jeux et leurs querelles.
Seules, troublant la paix, quelques chauves-souris

Frôlaient de leur vol lourd les buissons rabougris;
Aux lances des roseaux les vertes demoiselles
Faisaient encor frémir la gaze de leurs ailes.
On n'entendait plus rien dans l'air silencieux
Que l'appel attristé des crapauds dans les flaques.
Le soleil englouti frangeait le bas des cieux
D'un liseré d'opale et répandait des plaques
De ponceau, de lilas et d'or sur l'horizon.
Et tout à coup Vénus déchira la cloison
Céleste de son clou d'argent; puis, une à une,
Les étoiles là haut palpitèrent; la lune
A l'orient montait, et son mince croissant
Luisait comme un bijou de nacre éblouissant;
Le reste de son disque en une fine raie
Semblait comme tracé par un morceau de craie.

O lointains souvenirs! Pris d'un troublant émoi,
Dans le recueillement de ce doux paysage,
Je la pressai plus fort, elle pencha sur moi
Sa taille, et son visage attira mon visage.

Mes tempes bouillonnaient, et, pour mieux me lier,

Sur mon cou ses deux bras nouèrent un collier.

Enfin, pour attiser l'ardeur de notre fièvre,

Nos deux bouches en feu s'unirent lèvre à lèvre.

Nous restâmes ainsi longtemps, fermant les yeux,

Sentant dans cette étreinte, à des souffles de flammes

Se dissoudre nos cœurs et se fondre nos âmes.

Ce fut un baiser long, brûlant, silencieux,

Un de ces longs baisers où l'on sent dans son être

Ce doux je ne sais quoi qui ravit et pénètre,

Un de ces longs baisers qui fait croire aux amants

Qu'ils prennent leur essor au ciel, et que la terre

Est trop étroite pour l'amour et son mystère...

Et qu'ils doivent durer toujours les beaux serments !

. . . .

Jamais depuis je n'ai ressenti ces ivresses :

Mon cœur n'a plus connu que banales caresses.

UNE PROCESSION EN AVIGNON

AU TEMPS DES PAPES

UNE PROCESSION EN AVIGNON

AU TEMPS DES PAPES

A Alphonse Daudet.

En haut du palais des papes
Où le lierre tend des chapes,
Un matin, en Avignon,
Je lisais ta fine prose,
  Comme on cause
Avec un gai compagnon.

C'était la saison charmante
        Où fermente
La sève au cœur du bourgeon,
Où les sureaux de leurs branches
Pliant sous les grappes blanches
Tapissent le vieux donjon.

J'avais emporté ce livre
Exquis où tu fais revivre,
Dans un style cristallin
De la plus fraîche nuance,
        Ta Provence :
« Les Lettres de mon moulin. »

.Je laissais ma rêverie
        Attendrie
Flotter sur le ciel et l'eau,
Et peu à peu, dans un songe,
De ce château d'où l'œil plonge,
J'évoquai, comme un tableau,

Tout un coin de l'existence
Douce et molle d'indolence,
Que menait cette cité,
Alors que, bénie et sainte,
  Son enceinte
Enserrait la papauté.

   *
  * *

C'est la foule grave et lente
  Qui serpente
A l'ombre des bastions,
Et par les routes fleuries
Egrène les théories
Des blanches processions.

Des tapis de haute lisse
Revêtent d'une pelisse
Les grands portails des maisons
Dont la devise s'enchaîne,
 Dans le chêne,
Autour des nobles blasons.

Et la plus pauvre masure,
 Pour tenture,
A défaut de beaux tapis,
Etale de grossiers voiles,
Ou se drape dans des toiles
Aux reflets roux de pain bis.

Le vent léger qui frissonne,
D'une moire les festonne
Et fait onduler leurs plis
Etoilés de fleurs écloses,
 Lilas, roses,
Œillets, violettes, lys.

Pour se mêler à la fête,
    Sur le faîte
Des clochers, des pavillons,
Des tours du château des Papes,
Le soleil par larges nappes
Verse l'or de ses rayons.

C'est tout d'abord les cymbales,
Les galoubets, les timbales,
Les fifres, les tambourins,
Dont le roulement s'élève,
    Quand s'achève
La basse des pèlerins.

Chantant de leurs voix pudiques
    Des cantiques
A la mère aux sept douleurs,
Tout un chœur de jeunes vierges,
Défile en portant des cierges,
Blanches comme un myrte en fleurs.

Après vient une phalange
D'enfants au visage d'ange,
Qui sèment à pleines mains,
Devant le sacré cortège,
    Une neige
De lilas et de jasmins.

Le front ceint de la couronne
    Que fleuronne
Le globe d'or à la croix,
Ensuite voici paraître
Le Puissant Seigneur et Maître,
Le Pontife, Roi des rois.

Sous un dais tendu de moire,
Aux colonnettes d'ivoire,
Il avance d'un pas lent,
Et sous sa dextre divine
    Tout s'incline
A deux genoux en tremblant.

Autour, lui faisant cortège,
    Le collège
Des cardinaux empourprés ;
Et, roide sous la cagoule,
Suit avec respect la foule
Des pénitents diaprés.

Puis, à la file, des moines,
Des abbés et des chanoines,
Des chapelains, des curés,
Et, sous la crosse et la mitre,
    Un chapitre
De prélats tout chamarrés.

Un essaim d'enfants balance
    En silence
Les chaînes des encensoirs,
Et les prêtres sur les têtes
Font, ainsi que des comètes,
Rutiler les ostensoirs.

Un vicaire se prélasse,
Flambant sous l'or d'une châsse
Où scintillent le saphir,
Le rubis, la chrysoprase,
    La topaze,
Cerclés de perles d'Ophir.

Sous le gonfanon de soie
    Qui chatoie,
Voici les corps de métier,
Le fabricant de dentelle,
Le tisseur de brocatelle,
Le ciseleur, le luthier.

Chacune des confréries
Arbore ses armoiries
Sur des pennons de velours,
Et le souffle de la brise
    Les irise
En caressant leurs plis lourds.

Les cloches entrent en danse
    En cadence :
Dig dig ding don, dig ding don,
Comme des oiseaux en cage,
Toutes mènent leur ramage
Que domine le bourdon.

Taillés comme à coups de sabre,
Enluminés de cinabre
Et d'azur, des saints de bois,
Aux attitudes candides
    Et rigides,
Défilent sur des pavois.

Ce sont ceux du Saint Royaume
    Que l'on chôme,
Apôtres, saints et patrons ;
Coiffés de leurs auréoles,
Ils trônent sur les épaules
De douze forts vignerons.

Voici, radieux de gloire,
Saint Trophime et saint Magloire,
Saint Paul, saint Marc, saint Crépin,
Saint Roch avec son caniche
        Dans la niche,
Gabriel, rose et poupin.

Voilà sous son froc de moine
        Saint Antoine,
Saint Pierre avec sa clef d'or,
Saint Denis portant sa tête,
Puis, armé d'une arbalète,
Saint Hubert sonnant du cor.

Et bardé de sa cuirasse,
C'est saint Michel qui terrasse
Sous ses talons Belzébuth ;
Et dans sa robe de laine
        Madeleine,
Et Cécile avec son luth ;

Drapé d'un lambeau d'étoffe,
    Saint Christophe
Qui porte l'enfant Jésus ;
Joseph, l'époux de Marie,
    A la baguette fleurie,
Enfin saint Jean, les pieds nus.

Quelques vieilles en prière,
Les genoux dans la poussière,
Marmonnant des oraisons,
En des vœux coupés de plaintes
    A leurs saintes,
Implorent des guérisons.

Sous le cimier d'or du casque
    Qui les masque,
Voici venir les piquiers
Au justaucorps de basane,
Dont la longue pertuisane
Eblouit les boutiquiers.

Enfin, à l'arrière-garde,
Brandissant la hallebarde
Au croissant bien affilé,
Marche au pas une escouade
    De parade
Qui ferme le défilé.

Sur les manteaux d'écarlate
    L'or éclate
En brandebourgs, en galons,
Et l'argent brodé rehausse
Les pourpoints, les hauts-de-chausse,
De la ceinture aux talons.

Dans le réseau des venelles
Où poussent les ravenelles,
Ondoyant de toutes parts,
En Avignon, cette foule
    Se déroule
Entre les murs des remparts.

*
* *

Telle était ma rêverie
  Attendrie,
Avec un gai compagnon,
En haut du château des papes
Où le lierre tend des chapes,
Un matin en Avignon.

APRÈS-MIDI DE JUILLET

APRÈS-MIDI DE JUILLET

A Leconte de Lisle.

Il circule dans l'air un souffle de fournaise,
L'herbe grésille et cuit sous la chaleur qui pèse.
Dans le silence lourd, sur les champs assoupis,
Pas un frisson moirant l'avoine et la luzerne
Que l'haleine de feu du plein midi prosterne ;
Pas le moindre remous sur la mer des épis
Où le bluet scintille, ainsi qu'une turquoise,
Près des coquelicots dont le champ se pavoise.
A travers le sainfoin rose et l'émail des prés,
A travers le maïs blond, les trèfles pourprés
Etalent sur la glèbe une mare qui saigne.

Rien ne bouge : tout dort, tout est stagnant, tout baigne
Dans l'immobilité d'un repos écrasant.
Les rameaux alanguis s'affaissent sur la branche,
La feuille, aux bords déjà frangés de rouille, penche,
Et l'arbre tout entier, d'un air agonisant,
Semble, dans sa torpeur, attendre la caresse
D'un coup de brise qui l'évente et le redresse.

Rien ne bouge : cherchant le frais, les bruns grillons
Se blottissent au ras des trous, dans les sillons.
Mais soudain, jaillissant d'une touffe de prêles,
Etincelle en fusée un bond de sauterelles
Qui dardent des éclairs d'azur et de rubis.
Plus blancs que les flocons de laine des brebis,
A l'horizon s'égrène un collier de nuages ;
Le ciel creuse son dôme implacablement bleu,
Et la terre se gerce à ses courants de feu.
Le lézard, qui frétille à travers les treillages,
En quête d'un fil d'ombre au pied des murs, fleuris
Par les grappes de neige ou d'or des saxifrages,

Fait pointer son dard sec et frémir ses flancs gris.
La cigale se tait; la libellule verte
Suspend son vol à la campanule entr'ouverte;
La coccinelle, au dos roux pointillé de noir,
Se tapit à l'envers des feuilles; la punaise,
Sous ses élytres plats, au bord de l'entonnoir
Des lisets veinulés, traîne son ventre obèse.
Tout implore un peu d'eau; même les papillons
Abritent sous les lys leurs ailes de paillons.
Le disque du soleil semble fondre et submerge
Tout sous ses flots ardents. De longs fils de la vierge
Flottent enchevêtrés aux duvets des chardons.
On entend par moments ronfler de gros bourdons;
En pourpoint de velours, en manteau de peluche,
Ils passent en sifflant comme des balles d'or.
Tandis que, tournoyant en son rapide essor,
Dans sa robe de bure, à l'entour de la ruche,
L'abeille ose affronter le poids de la chaleur,
Et qu'en bas la fourmi charrie un brin de paille,
Les guêpes, en corset de brocart, font ripaille
Sur les pistils poudrés du pollen de la fleur.

RÊVE D'IVRESSE

RÊVE D'IVRESSE

A George Bois.

Impératif du verbe Boire,
    Cher troubadour,
Vois, la voûte du ciel est noire
    Autant qu'un four :

Point de lune, pas une étoile,
    Il fait bien froid ;
Mon corps tremble jusqu'à la moëlle
    D'un vague effroi.

Buvons, buvons, et que l'aurore
    Trouve ma main

Crispée au col d'une bouteille
    Bientôt à sec,
Et collant sa lèvre vermeille
    Contre mon bec !

*
* *

Quand l'aube, déployant son voile
    A l'horizon,
Soufflera la dernière étoile
    Comme un tison,

Nous calant contre les murailles,
    Nous reviendrons,
Ecoutant chanter nos entrailles
    En gais ronrons.

Et nous voguerons par la ville,
    Calme au matin,
Au moment où ronfle, âme vile,
    Le Philistin.

Nous croirons voir dans nos cervelles
    Et dans nos yeux
Un jeu de trente-six chandelles
    Flamber joyeux.

En de grotesques farandoles,
    Nous rêverons
Que les maisons, comme des folles,
    Tournent en rond ;

Que tantôt la terre en cadence
    Berce son flanc,
Tel un lourd navire qui danse
    D'un roulis lent ;

Que tantôt elle se dérobe
 Sous le talon,
Ou qu'elle gonfle en l'air son globe
 Comme un ballon ;

Et que sur l'énorme pendule
 De l'univers,
Nos corps lancés font la bascule
 Tout de travers.

* *
*

Quand jaillira de la fournaise
 De l'Est, pareil
A quelque gros disque de braise
 Le grand soleil,

Alors, nous sentirons la joie,
 D'un vol vainqueur,

Fondre, comme sur une proie,
  Sur notre cœur,

Et s'évaporer nos détresses
  Au feu divin,
Au feu que roulent vos caresses
  Soleil et vin !

UN COIN DE BASSE-COUR

UN COIN DE BASSE-COUR

A J.-K. Huysmans.

Personne dans les prés, ni bergers ni troupeaux :
C'est l'heure où dans les champs tout se livre au repos.
A l'ombre de l'étable et sur la paille fraîche,
Les vaches et les bœufs debout devant la crèche
Ruminent lentement ; les hommes, dans un coin,
Sommeillent étendus sur les meules de foin

Dont les cônes séchés sont prêts à mettre en grange.
La fermière, dans la cuisine, lave et range
Les assiettes à fleurs rouges sur le dressoir.
Sous un hangar, en face, un énorme pressoir
Dort sur ses ais teintés de vin; les araignées
Accrochent leur guipure aux cuves imprégnées
De tartre dont les sels en cristaux violets
Semblent un poudroiement de fins rubis balais.
Sur un tas de fumier encor tiède qui fume,
Un dindonneau bronzé se mordille une plume.
Un chéneau crache au bas l'eau grasse de l'évier
Qui détrempe le sol et croupit dans la vase;
Autour, dans un ruisseau, des flaques de vivier
Se glacent au soleil de reflets de topaze.
Du chaperon moussu d'un mur, sur le perchoir
Dont les rayons blanchis s'étagent en échelle,
Un chapon alourdi, battant l'air de son aile
Et le col allongé, parfois se laisse choir.
Le corps en boule, l'œil voilé par la paupière,
Pintades et poulets, juchés sur des bâtons,
Sont assoupis; en bas grouillent des canetons.

Un vieux coq, les ergots dressés sur une pierre,
Rengorge son jabot, et, la crête en turban,
Surveille les ébats d'une poule coquette
Qui près d'un cochet noir se pavane et caquette.
Vers le seuil du portail, accroupi sur un banc,
Un chat à l'œil sournois lèche sa cuisse rousse ;
Une poule en éveil gratte la terre et glousse
En couvant d'un regard inquiet des poussins
A peine duvetés dont la marche chancelle ;
Puis, en mère anxieuse, elle ouvre son aisselle
Pour nicher les petits sous les tièdes coussins
De ses flancs hérissés ; une autre, dont l'aigrette
Tremblote, va d'un pas fin, comme suspendu,
Et, l'oreille aux aguets, subitement s'arrête,
La patte en l'air, les yeux fixes, le cou tendu.
Au milieu de la cour, en plein soleil, une oie
Lustre de son gros bec sa panse qui chatoie,
Et le gésier gonflé, l'air stupide et serein,
A côté d'un jars gris, repu, cuvant son grain,
Ainsi qu'une matrone à la grave attitude,
Elle digère en paix avec béatitude.

A travers les barreaux d'une cage en sapin,
Renifle en se fronçant le museau d'un lapin,
Et dans le fond, autour de la mère couchée
Sur des feuilles de choux, palpite la nichée.
Égrené sur les toits d'ardoise du fenil
D'où l'on voit par moments s'élancer une poule,
Un essaim de ramiers au cou rosé roucoule.
Un griffon crespelé, tapi dans son chenil,
La langue entre les dents, le menton sur la patte,
Suit de l'œil un poulet qui picore et qui gratte
Dans la paille, en chassant devant lui des pigeons.
Un canard mordoré rêve marais et joncs
Auprès d'un dindon noir qui, d'un geste bravache,
Étale les rayons de sa queue en panache.

Tout à coup, au milieu de ce calme, dans l'air
Éclate en trille aigu le chant strident et clair
D'une poule qui vient de faire un œuf, et lance
Dans son soulagement, un cri de délivrance.

Et la crête vibrant comme un coquelicot,
Un coq, le bec ouvert en clairon, pour répondre
A sa compagne en train de couver et de pondre,
Sonne l'arpège altier de ses cocoricos.

BALLADE DU VIN NOUVEAU

A Jean Richepin.

Sur les ceps roux l'aube a givré la grappe,
Le matin rit sur les coteaux dormants ;
Sur les ceps roux qu'un brouillard ténu drape,
Aux feuilles d'or tremblent des diamants.
Ras l'horizon, comme un vol de flamants,
Un rose essaim de nuages s'égrène.
Les vendangeurs cueillent déjà la graine,
Et dans la cour des fermes, jusqu'au soir,
A flots pourprés, dans des baquets de frêne
Le vin nouveau gicle sous le pressoir.

La cuve bout ; le jus tiédi s'échappe
Le long des bords en filets écumants.
La cuve bout, et revêt d'une chape
Aux violets et rouges parements
Ses flancs bombés où grouillent les ferments.
Dans les raisins, enfoncé jusqu'à l'aine,
Un gars tout nu piétine et se démène.
Et comme d'un gigantesque encensoir,
Dans l'air un chaud parfum monte et se traîne :
Le vin nouveau gicle sous le pressoir.

Le soir venu, dans une franche agape,
Auprès de l'âtre où flambent les sarments,
Maître et valets, les coudes sur la nappe,
Choquent le verre : au bord des pots fumants
La mousse éclate en clairs pétillements ;
On boit au gain de la vente prochaine.
Les pots vidés, jusqu'aux poutres de chêne
Du haut plafond, fleuronnent le dressoir.
Foin du râpé ! Car toute la semaine
Le vin nouveau gicle sous le pressoir.

Envoi :

Prince, amateur des nez à la Silène,
Buvons, vidons nos verres d'une haleine ;
Aux vieux barils qu'on plante le perçoir,
Dans quelques jours la cave sera pleine :
Le vin nouveau gicle sous le pressoir.

L'ANGELUS

L'ANGELUS

A Joséphin Soulary.

Le soir lentement tombe, et déjà des étoiles
Marquètent de clous d'or la voûte de saphir,
Le soir tombe, étendant la gaze de ses voiles.
Le silence bruit, avant de s'assoupir
La terre exhale au ciel un immense soupir.

La lune à l'horizon épanouit sa gloire
Dans un halo nacré ; son plein orbe, nageant
Sur le lac brun, ridé par un frisson de moire,
Parmi les nymphéas au calice émergeant,
Berce, comme un lotus, sa corolle d'argent.

Dans les prés les grillons strident, et les rainettes
Poussent leurs cris plaintifs du milieu des ajoncs ;
Un troupeau, qui passe en brimballant ses sonnettes,
Les fait bondir dans l'onde, où leurs brusques plongeons
Réveillent sur leur lit de vase les goujons.

Le vieux clocher, là-haut, pointe sur la colline
Son toit lamé de zinc, plus aigu qu'un stylet.
La caresse du soir avec langueur incline
L'aigrette des roseaux et l'iris violet
Sur le miroir du lac où tremble leur reflet.

Dans le calme des champs, soudain, l'Angelus tinte ;
Un par un les coups sourds s'essorent lentement.
Leurs sons, éparpillés dans l'atmosphère éteinte,
En effleurant les bois de leur frissonnement,
Traînent au loin un lourd et long gémissement.

A grands coups, dans l'apaisement du crépuscule,
Le battant sur l'airain martèle ses sanglots ;
Dans sa cage de bois le gros bourdon bascule,
Et ses vibrations ondulent sur les flots
Où les glaïeuls pourprés dardent leurs javelots.

Enfin le dernier coup, dans l'ombre vespérale,
Comme un oiseau de nuit, s'envole du clocher.
Le bourdon trépidant l'exhale comme un râle
Et l'écho le renvoie en roulant ricocher,
De parois en parois, sur les flancs d'un rocher.

Mais cette voix d'airain consacré que la terre
Emprunte pour parler au ciel, en mon cœur las
Loin de verser la paix, et l'oubli salutaire,
Et l'espoir, fleurant doux comme un brin de lilas,
Cette voix en mon cœur résonne ainsi qu'un glas.

Tous mes rêves défunts et mes tendresses mortes,
Évoqués un par un, surgissent en lambeaux.
Et je crois voir, alors, défiler sous les portes
D'un cimetière blanc, surgis de leurs tombeaux,
Des squelettes sur qui tourne un vol de corbeaux.

LA MORT DES LILAS

A Henri Becque

Les grappes pendent, rissolées,
Pendent tristement. Les fleurons
Blancs et mauves, dans les allées
Des jardins, — où les moucherons
Vrombrissent en croisant leurs ronds, —
Gisent, souillés par le cloporte,
La chenille et les pucerons :
La gloire des lilas est morte.

Le grésil et les giboulées
N'avaient pas meurtri leurs tendrons ;
Hier encore, en gerbes perlées,
Ils croulaient sur les chaperons
Des murs panachés d'averons ;
Mai sous son aile les emporte,
Las ! d'un an nous ne les verrons,
La gloire des lilas est morte.

Je sais bien que les azalées
Vont s'ouvrir, et les liserons
Grimper aux vignes étoilées
De fleurs, — espoir des vignerons —
Et même que les potirons
Gonflent leur panse. Que m'importe,
Las ! d'un an ils ne fleuriront,
La gloire des lilas est morte.

Envoi :

Voilez d'un crêpe votre front,
Amoureux à la mine accorte,
Las ! d'un an ils n'embaumeront,
La gloire des lilas est morte !

RETRAITE

RETRAITE

A George Bois.

Ami George, si tu le veux,
Quand nous serons trop dégoûtés du monde,
Lorsque l'âge aura poudré mes cheveux
Et neigé sur ta tête blonde,

Nous nous en irons loin, bien loin,
Tous deux tout seuls, sans enfants ni compagne,
Finir nos jours au fond d'un petit coin,
    D'un petit coin dans la campagne.

Ce sera là-bas quelque part,
Dans le Beaujolais ou dans la Bourgogne,
Où n'arrive aucun bruit du boulevard,
    Nul écho du bois de Boulogne.

Las de pourchasser les hasards
De l'ambition et de la fortune,
Nous vivrons là-bas comme deux lézards,
    Sans désir de gloire importune.

Nous descendrons notre déclin
D'un pas trottinant, sans heurt ni secousse.
Nous achèterons quelque vieux moulin
    Aux pignons mordorés de mousse.

*
*   *

Je le vois, contre un mamelon
Où la vigne grimpe et tord ses cépées,
Faisait tournoyer ses ailes trempées
    D'écume, en un pli de vallon.

    Bordé de bouleaux et de frênes,
Tout autour des murs frétille le biez,
Et par ci par là, dans l'eau, des sorbiers
    Mirent le corail de leurs graines.

    Entre des touffes de pourpiers,
De cressons aux fleurs d'or et d'iris jaunes,
Plus bas, des bouquets de fayards et d'aunes
    Au fil de l'eau trempent leurs pieds.

Le girin et l'argyronète
Patinent sur l'onde en croisant leurs ronds,
Et, le long des bords frangés de mourons,
Sautille la bergeronette.

Devant la porte, un vieux tilleul
Verse sa senteur tiède et son ombrage,
Il tient tête encore à plus d'un orage
Bien que tordu comme un aïeul.

Un grand bois de chêne moutonne
Dans un bleu lointain, et sa frondaison,
De tous les côtés, enclôt l'horizon,
Verte l'été, pourpre l'automne.

Derrière le moulin, des prés
Étalent un lit d'herbe drue et pleine,
Où le vent du soir de sa molle haleine
Creuse des remous bigarrés.

Aux flancs d'une côte pierreuse
Une vigne étage un ou deux arpents :
Les ceps, tortueux comme des serpents,
Se crispent dans la terre ocreuse.

Son vin couleur de peau d'oignon
Vous coule un rayon de soleil dans l'âme ;
Il allumerait de sa chaude flamme
Le buveur d'eau le plus grognon.

*
*   *

Cloîtrés dans cet humble domaine,
Nous surveillerons en paix ces travaux,
Les mêmes toujours et toujours nouveaux,
Et que chaque saison ramène.

En juin, quand les champs sont criblés
De coquelicots et de pâquerettes,
Nous verrons blondir au soleil les crêtes
    De nos seigles et de nos blés.

En septembre, à pointe d'aurore,
Nous serons sur pied et nous partirons
A travers champs voir si le soleil dore
    Nos vignes dans les environs.

Nous récolterons la vendange
A nous deux... aidés de quelques voisins,
Nous les aiderons ensuite, en échange,
    A cueillir aussi leurs raisins.

Et si nous avons bonne année,
Nous pinterons à tire-larigot,
Tout en mettant un tiers de la vinée
    Vieillir derrière le fagot.

Si quelqu'un des vieux camarades
Vient sous notre toit pour se mettre au vert,
Nous arroserons de larges rasades,
    Ami, son vivre et son couvert.

Et ce citadin aux yeux caves,
Au teint blêmi, consumé de langueur,
Après huit jours passés près de nos caves,
    Recouvrera vie et vigueur.

Ce n'est qu'au bout d'une semaine,
Lorsqu'il aura bien tété le tonneau,
Qu'il partira voir chez lui si la Seine
    Charrie encor toute son eau.

Gras, replet, la mine vermeille,
La joue en fleur, et légèrement gris
D'avoir vidé sa dernière bouteille,
    Nous l'embarquerons pour Paris.

* *
*

Attendant que la soupe fume,
Le soir, assis sur le seuil du portail,
Nous verrons rentrer des champs le bétail,
A l'heure où l'étoile s'allume.

Nous aurons dans la basse-cour
Des dindons lustrés qui feront la roue,
Des poules, des coqs dont la voix s'enroue
A sonner le réveil du jour,

Et des pintades et des oies,
Des canards dodus et de gras chapons,
Des brebis, des boucs aux regards fripons,
Des gorets rosés sous leurs soies.....

L'écurie aura deux chevaux,
L'étable deux bœufs noirs marqués de taches
Blanches sur leurs reins trapus, et trois vaches
Qui tous les ans feront des veaux.

*
* *

C'est là que, sans heurt ni secousse,
Quand nous pencherons vers notre déclin,
Nous irons vieillir, sous ce vieux moulin
Aux pignons mordorés de mousse.

L'hiver, les pieds sur les chenêts,
Au crépitement des sarments dans l'âtre,
En buvant un vin non souillé de plâtre,
Nous burinerons des sonnets.

Et, la mémoire éperonnée,
Quelquefois le soir, pour nous rajeunir,
Nous respirerons un vieux souvenir
A l'arome de fleur fanée.

Ou nous écrirons des romans
D'une veine pas encore endormie,
Car nous ne serons de l'Académie
Ni l'un ni l'autre... assurément !

Notre plume toujours alerte
Pondra chaque année un livre alléchant,
Et si le grésil fauche notre champ,
Le livre comblera la perte.

Tous les ans, après la moisson,
Nous viendrons trouver un brave libraire
Que l'espoir d'un gain certain fera braire,
Comme un âne qui veut du son.

Imprégnés de saveur rustique,
En nous reposant des soins du labour,
Ces livres en paix écloront au jour,
Sans souci de Dame Critique.

DERNIER VŒU

A Joséphin Soulary.

Si je ne suis plus là, mes amis, quand la terre
L'aura close à jamais dans la nuit du cercueil,
Celle en qui j'ai placé ma vie et mon orgueil ;
Si je dors à mon tour mon sommeil solitaire,

Ne semez pas de plante à l'odeur funéraire
Sur sa dépouille, vous qui mènerez le deuil,
Amis ; ne laissez pas éclore sur le seuil
De sa tombe la fleur de mort, la cinéraire.

Ni saules, ni cyprès ! Par dessus, en arceau,
Faites s'épanouir un virginal berceau
De lys aux pistils d'or, dont la corolle est blanche,

Afin que son beau corps, son corps aux flancs polis,
Déchirant le tissu de sa robe de planche,
Renaisse dans l'ivoire immaculé des lys.

BALLADE DE LA FENAISON

A L. Roger-Milès.

Le soleil, rouge, émerge à l'horizon.
L'herbe, à flots lents, ondule sous la brise ;
C'est un matin d'ardente fenaison.
Le loriot picote la cerise ;
Un fin brouillard qu'un rayon d'or irise,
Sur l'herbe en fleurs tend un voile nacré.
Et dès le point du jour, au fond du pré,
Résonne, comme un cri de rage, acerbe,
Rauque, strident, cinglant, exaspéré,
Le crissement des faux d'acier dans l'herbe.

Les reins courbés, l'homme fauche à foison,
L'acier miroite et sabre sans reprise ;
Le pré meurtri dépouille sa toison :
Sous le tranchant qui taillade et qui brise,
Bleuet d'azur, luzerne à feuille grise,
Pissenlit d'or, coquelicot pourpré,
Trèfle sanglant, liseron diapré,
Sur le gazon tombent, tassés en gerbe.
Et sans cesser siffle, plus acéré,
Le crissement des faux d'acier dans l'herbe.

Comme un soupir, de cette floraison
Qui sur son lit de gramen agonise,
Comme un soupir exhalé du gazon,
Monte une odeur qui s'épand et vous grise.
Au cliquetis des lames qu'on aiguise,
Un grand bœuf roux, indolemment vautré,
A l'ombre d'un fayard au tronc lustré,
Ouvre l'œil en dressant son cou superbe,
Et les grillons rhytment, d'un cri navré,
Le crissement des faux d'acier dans l'herbe.

Envoi :

Arrrêtons-nous, car mon vers effaré,
Comme un cheval ombrageux, s'est cabré.
Je ne connais épithète ni verbe
Assez grinçants pour traduire à mon gré
Le crissement des faux d'acier dans l'herbe.

AU BON SOLEIL

AU BON SOLEIL

A Paul Arène.

J'ai, sous la chaleur pâmée,
Vu ta *Gueuse parfumée*
De myrte et de romarin,
Offrant sa poitrine blanche
Et sa hanche
Aux baisers de l'air marin.

J'ai vu haleter sa gorge
        Sous la forge
Du soleil d'or rutilant,
Et dans un fougueux désordre,
Le mistral mugissant mordre
De rage son vaste flanç.

De Toulon jusqu'à Valence
J'ai parcouru ta Provence,
J'ai battu ses grands chemins
Et ses routes enflammées,
        Embaumées
D'orangers et de jasmins.

*
*   *

En Avignon, vieille ville
        Qui profile
Sur le ciel bleu son palais,

Et qui penche sa couronne
De remparts sur l'eau du Rhône
Rugissant sur les galets ;

Du haut du manoir des papes,
Où le lierre pend des grappes
Que fait palpiter le vent,
J'ai vu plaines et vallées
     Étalées
Sous l'or du soleil levant.

Plongeant de cette terrasse,
    L'œil embrasse
Le large Rhône à pleins bords
Dont le flot azuré roule
Et vient battre de sa houle
Des îlots aux saules tors.

Entre les champs de garance
Et de maïs, la Durance,
Rampant à fleur de cailloux,
Le long des berges s'attarde,
    La bavarde,
Sans penser au rendez-vous.

Le Rhône grondant, farouche,
    Sur sa couche
L'attire d'un bras jaloux,
Et l'on croirait voir l'étreinte
Et les baisers sans contrainte
De deux robustes époux.

De l'autre côté du fleuve,
Les donjons de Villeneuve
Dressent leurs mâchicoulis :
Aux murs, dans mainte lézarde,
    Se hasarde
La fleur du volubilis.

En bas, c'est la Bartelasse
        Où s'enlace
Plus d'un couple d'amoureux,
L'été, quand au crépuscule
Sous les feuilles l'air circule
En effluves langoureux.

J'ai vu la Sorgue et Vaucluse,
Où, loin de Laure recluse,
Enfermé dans sa douleur,
Pétrarque épanchait la flamme
        De son âme
Sous les amandiers en fleur.

Çà et là, comme une tache,
        Se détache
Un bouquet de noirs cyprès,
Et des mûriers en bordure
Enchâssent dans leur verdure
Les sillons bruns des guérets.

Aux flancs des collines douces
Les ceps, rouillés par les mousses,
Se crispent dans les graviers ;
Au loin, comme une mer grise,
        Sous la brise
Moutonnent les oliviers.

Sous la brise se rebrousse
        L'onde rousse
Des colzas et des épis,
Et tapis dans le feuillage,
Les *mas* de chaque village
Dorment sous leurs murs crépis.

Sur l'esplanade, à Beaucaire,
On m'a soutenu, *pécaire !*
Que les gens de Tarascon,
Ceux qui sont sur l'autre berge,
        Sainte Vierge !...
Ont le naturel gascon !

Ici, crénelant leurs brèches
         Aux airs rèches,
Les forts du bon roi René,
Hérissés de leurs tarasques,
Bravent encor les bourrasques
Du vent de mer effréné.

*
*   *

Arles, debout sur la berge
Que le Rhône ardent submerge,
Semble, dans son nonchaloir,
Une *chatoune* coquète,
         Qui caquette,
Souriant à son miroir.

J'ai vu, sur les tours romaines
Des arènes,
Le mistral, comme un taureau,
Galoper par la Camargue,
Et se moirer sous le largue
Les étangs verts de la Crau.

Dans Saint-Trophime, vieux cloître,
Dont les piliers laissent croitre
Le fenouil en parasol,
J'entendis, entre les dalles,
Les cigales
Créceller en si bémol.

Sur les rochers en épines
Des Alpines,
J'ai vu la villa des Baux
Qui blanchoyait à la brune,
Aux premiers rayons de lune,
Comme un amas de tombeaux.

Sous leurs coiffes de dentelles
Les brunes filles si belles,
Qui suivent d'un œil moqueur
L'étranger bayant aux grues
        Dans leurs rues,
M'ont ensoleillé le cœur.

Mais las ! leur cœur sans faiblesse
        Ne se laisse
Pas aisément émouvoir :
Nul espoir que tu ne cueilles
Et sous tes baisers n'effeuilles
Ces fraîches fleurs de blé noir !

Près de la mer, Aiguemortes,
Bardé de ses vieilles portes,
Entre ses étangs dormants,
Semble être encor la vedette
        Qui vous guette,
Sarrasins et Musulmans.

*
*   *

J'ai, sur sa côte vermeille,
        Vu Marseille,
Fleurant l'huile et l'ailloli,
Nouer le flot qui susurre,
Comme une verte ceinture
Autour de son flanc poli.

Notre-Dame de la Garde,
Les bras étendus, regarde,
De la cime de son roc,
Les vagues ornant leur crête
        D'une aigrette
Qui se brise dans un choc.

Que Dieu bénisse et conserve
La Réserve !
J'y dégustai certain plat
Embaumé de bouille-abaisse,
Digne d'un palais d'abbesse
Ou d'un palais de prélat ;

Je sens encor mes narines
S'ouvrir aux senteurs marines
De l'orade, du hareng,
Du rouget, de la rascasse,
Qu'on fricasse
Dans le jus roux de safran.

Sur les collines arides,
Les bastides
S'étagent sous la chaleur,
Et le long de le Corniche,
Plus d'une villa se niche
Dans les orangers en fleur.

Au loin, là-bas, dans la brume,
Les bords ourlés par l'écume,
Emergent le château d'If,
Et sa vieille forteresse
  Qui se dresse
Sur la mer, comme un récif.

Sur les vagues qu'elle fouette
  La mouette
Décrit de brusques crochets ;
Le martinet caracole
Et creuse l'onde qu'il frôle
D'un sillon de ricochets.

Partout frissonnent des voiles,
Et dans l'air vibrant, des toiles
Tremblent à l'horizon clair.
Sur les flots aux tons d'agate,
  La frégate
Court, plus vite qu'un éclair.

Une fluette tartane
  Se pavane
Avec un air négligent ;
Plus indolente qu'un cygne,
Une felouque égratigne
L'azur de sillons d'argent.

Gréé de voiles latines,
L'essaim prompt des brigantines
— Telle une bande d'oiseaux —
Vole, glisse, s'entrecroise,
  Et pavoise
De ses reflets blancs les eaux.

Le cuirassé massif traine
  Sa carène,
Puis, toutes voiles dehors,
Comme un albatros qui plane,
Immobile, il met en panne
Avant de franchir le port.

Au large un grand trois-mâts crache,
Sa fumée en noir panache
Avec des jets de vapeur :
On dirait une baleine
    Hors d'haleine
A qui le harpon fait peur.

De tous côtés s'éparpille
    La flottille
Des gabares des pêcheurs ;
L'aile de leur foc palpite
Sur la mer de lazulite
Qui réfléchit leurs blancheurs.

L'eau bouillonne sous les roues,
L'écume jaillit, les proues
Hersent le dos de la mer,
Le vent souffle sur les poupes,
    Des chaloupes
Accostent un gros steamer.

Un yacht sur sa quille fine
        Se dandine,
Et berce ses fins agrès
Dans le port aux vagues d'encre,
Où les paquebots à l'ancre
Pointent leurs mâts en forêt.

Un brigantin, dans une anse,
Sur sa coque se balance ;
L'équipage débarqué,
Une svelte goëlette
        Se reflète,
Amarrée au bord du quai.

Déployant sur les bordages
        Leurs cordages
Qui se mirent dans les flots,
Les bricks de guerre farouches
Baîllent par les mille bouches
Des canons dans les hublots.

Et dans les vergues hautaines,
Sur les drisses, par centaines,
Ondulent les pavillons :
Leurs chatoyants oriflammes
          Sur les lames
Semblent de grands papillons.

*
*   *

Comme un troupeau qui s'accroche
          A la roche,
Comme un troupeau de cabris
Broutant d'une dent gourmande
La bruyère et la lavande,
J'ai vu ton Canteperdrix,

Sisteron, que la Durance
Sertit dans la transparence
De ses flots au cristal pur,
Tandis que le ciel en fête
     Y reflète
Son dôme lamé d'azur.

Aux toits de sa citadelle
     L'hirondelle
Égrène un collier de nids,
Et la blanche saxifrage,
S'accrochant aux tours, ombrage
Le front des créneaux brunis.

Contre les murs, la glycine
Grimpant en treillis, dessine
Des ramages violets ;
L'air charrie avec ivresse
     La caresse
De l'odeur des serpolets.

D'ici quittant ses garrigues,
    Jean-des-Figues,
Juché sur le bon Blanquet,
Partit par delà la Loire,
Pour aller cueillir la gloire,
Comme on ramasse un bouquet.

*
* *

Souvent, quand le ciel livide
De notre Paris dévide
La pluie en gris écheveau,
Je sens la mélancolie
    Qui déplie
Son crêpe sur mon cerveau.

Souvent, sous nos ciels de suie
    Où la pluie
Tisse son terne réseau,
Ma mémoire, ouvrant son aile,
Vers ton ciel bleu qui l'appelle
S'envole comme un oiseau.

Je revois comme en un rêve
La mer d'azur et sa grève,
Plaines, montagnes, coteaux,
Cités, bourgs, torrents et fleuves,
    Villas neuves,
Vieux donjons et noirs châteaux.

Alors j'ouvre ton volume,
    Et je hume,
Ainsi qu'un arome exquis
De myrte et de laurier rose,
La fine fleur de ta prose
Aux étincelants croquis.

Embrumé de nostalgie,
Mon esprit se réfugie
Dans ton style au clair miroir,
Car pour moi de chaque page
　　Se dégage
La saveur de ton terroir.

AU CABARET

Aquarelle rustique

A Antoine Vollon.

Sous le soleil qui le calcine,
Le cabaret rit; la glycine
Frange de rinceaux violets,
Où s'enroule la capucine,
Les battants verts de ses volets.

Fiché dans un vieux fer de lance,
Au dessus du seuil se balance
Un bouchon racorni de pin,
Dont l'ombre vacillante danse
Contre la porte de sapin.

Le vieux clocher du bourg bourdonne.
Midi ! Les femmes sont au prône.
— C'est dimanche, jour de repos, —
Et les hommes vont sous la *tonne*[1]
Humer le vin blanc dans les pots,

Dans les pots bleus à large panse,
Où, sur l'émail de la faïence,
Toute une floraison d'avril
Aux teintes d'or et de garance
S'épanouit, comme un nombril.

Contre le mur de la remise,
Un vieux, en manches de chemise,
Les doigts sur son bâton de houx,
Tend le dos comme une *larmise*,[2]
Aux caresses du soleil d'août.

---

(1) La *tonne*, — terme patois du Lyonnais et du Dauphiné, — est la tonnelle du treillage.

(2) Petit lézard gris (patois du Lyonnais).

Cependant, peu à peu, sur les bords des baquets,
Le linge ruisselant s'amoncelle en paquets,
Et dans un pré voisin, criblé de pâquerettes,
D'aimez-moi, de boutons d'or et de vergerettes,
Rincés, tordus, les draps encor dégouttants d'eau,
Étalent leurs blancheurs le long d'un grand cordeau ;
Les nappes au damas fin et les grosses toiles
Achèvent au soleil de s'égoutter, le vent
Les sèche de baisers frôleurs, et soulevant
Leurs plis, les fait gonfler comme sur mer des voiles.
C'est une après-midi de chaude fenaison,
Et le linge mouillé qui dans l'air vibrant fume,
Pompe l'exhalaison des prés, et se parfume
Aux senteurs du regain séchant sur le gazon.

AU CABARET

Aquarelle rustique

A Antoine Vollon.

Sous le soleil qui le calcine,
Le cabaret rit; la glycine
Frange de rinceaux violets,
Où s'enroule la capucine,
Les battants verts de ses volets.

Fiché dans un vieux fer de lance,
Au dessus du seuil se balance
Un bouchon racorni de pin,
Dont l'ombre vacillante danse
Contre la porte de sapin.

Le vieux clocher du bourg bourdonne.
Midi! Les femmes sont au prône.
— C'est dimanche, jour de repos, —
Et les hommes vont sous la *tonne*[1]
Humer le vin blanc dans les pots,

Dans les pots bleus à large panse,
Où, sur l'émail de la faïence,
Toute une floraison d'avril
Aux teintes d'or et de garance
S'épanouit, comme un nombril.

Contre le mur de la remise,
Un vieux, en manches de chemise,
Les doigts sur son bâton de houx,
Tend le dos comme une *larmise*,[2]
Aux caresses du soleil d'août.

---

(1) La *tonne*, — terme patois du Lyonnais et du Dauphiné, — est la tonnelle du treillage.

(2) Petit lézard gris (patois du Lyonnais).

Tandis qu'on bavarde et qu'on braille,
Le vin du crû, couleur de paille,
Moussille, plus doux que le miel,
Dans les gros verres dont la taille
S'irise de brins d'arc-en-ciel;

Et sur les collines en pente
Où le cep s'accroche et serpente,
Sous les rayons du plein midi,
Les grappes d'or et d'amarante
Se gonflent d'un jus attiédi.

ÉCOLE BUISSONNIÈRE

A George Bois.

Il fait bon, il fait beau. Dans le ciel, au zénith,
Un soleil rutilant, comme une énorme sorbe,
Flambe. Plante-moi là le drame qui t'absorbe
Et viens-t'en avec moi, George, ô chantre d'*Edith*!
Ne sens-tu pas dans l'air flotter une caresse,
Des effluves berceurs, conseillers de paresse?
Allons, ami, suis-moi, viens-t'en où je m'en vais,
Loin des lourds omnibus, des sapins, des tramways,

Loin du Quartier Latin et de l'Odéon morne
Qui dresse auprès de nous sa funéraire borne.
Laisse là ton roman ou ton drame nouveau ;
Partons vagabonder à travers la campagne.
Foin des veilles et des labeurs où l'on ne gagne
Que maux de tête affreux, tenaillant le cerveau.
Nous oublirons là-bas cette sainte séquelle
De critiques hargneux, grands fauteurs de querelle,
Aboyant aux auteurs, hurlant sur leurs talons
Comme des chiens lâchés après des étalons.
Vois, un souffle attiédi fait frissonner la feuille ;
La perle du muguet fleurit pour qu'on la cueille.
Ferme-moi ces papiers qui sentent le moisi,
Allons courir tous deux les bois de Vélizy
Et leurs sentiers ourlés du velours vert des mousses,
Sous les bouleaux déjà tiquetés par les pousses.

Puis, à travers le bois et ses chemins fleuris,
Grisés d'espace et d'air, à l'heure où les étoiles
Clignotent dans l'azur et brochent d'or les voiles

BALLADE DE MA PIPE

A mon ami Maurice Thoviste.

O ma brune pipe, pétrie
De crême d'argile au doux grain,
Donne essor à ma rêverie,
Attise ma cervelle en train
D'enchâsser un alexandrin,
Déroule ta gaze embaumée,
Enlace et berce mon chagrin
Des volutes de ta fumée.

Si l'image me contrarie,
Si la rime, tirant son frein,
Comme une jument en furie,
S'ébroue en hérissant son crin,
Tel un rubis dans un écrin,
Ton fourneau flamboie, et, charmée,
La rime éclôt sur le quatrain,
Des volutes de ta fumée.

Quand l'ouragan fauve charrie
Les nuages aux flancs d'airain,
Et quand ma fenêtre, assombrie,
Crépite comme un tambourin,
L'horizon m'apparaît serein
Et la terre désembrumée
A travers le voile azurin
Des volutes de ta fumée.

Envoi :

O pipe, philtre souverain,
Fume : ma tristesse calmée
S'envole sur le premier brin
Des volutes de ta fumée.

RÊVE DE RÊVE

RÊVE DE RÊVE

Ferme tes yeux, tes yeux qu'oppresse
    Tant de langueur;
Laisse un instant cuver l'ivresse
    Qui bat mon cœur.

La torpeur du plaisir m'accable,
    Et le sommeil
Sur ta prunelle épand son sable
    Au grain vermeil.

Ferme tes yeux, — fleurs de lumière
    Dont les longs cils
Semblent, au bord de ta paupière,
    De noirs pistils.

Laisse-moi reposer ma tête
    Entre tes seins :
Il n'est pour un front de poëte
    Plus doux coussins.

Et dans cette chair où je plonge
    Mes yeux pâlis,
J'attendrai que le vent du songe,
    Frôlant ton lit,

Nous ravisse loin de la terre
    D'un puissant vol,
Comme un aigle étreint dans sa serre
    Un rossignol.

*
*   *

Dormons ! nous parcourrons des lieues,
    Le cœur uni,
En traversant les plaines bleues
    De l'infini.

Nous dégringolerons du vide
    Le trou béant,
Échevelés comme un bolide,
    Fleur du néant.

Nous entendrons les chansonnettes,
    Divins couplets
Que chantent les chœurs des planètes
    Dans leurs ballets.

Et nous planerons dans l'espace
     D'un large essor,
Et nous irons donner la chasse
     Aux astres d'or.

Nous lacerons l'essaim des mondes
     De nos collets ;
Nous prendrons les étoiles blondes
     Dans nos filets.

Comme des bengalis sonores,
     A notre glu
Nous collerons les météores
     Qui t'auront plu.

Nous tirerons sur les planètes ;
     Si tu le veux,
Nous accrocherons les comètes
     Par leurs cheveux.

Nous monterons au soleil même
Plumer le flanc,
Pour te forger un diadème
D'or rutilant.

*
* *

Quand nous en aurons en capture
Plein nos filets,
Nous t'en ferons une ceinture,
Des bracelets,

Des colliers pour ta nuque d'ambre
Et de velours,
Et pour ta gorge qui se cambre,
Ferme aux contours ;

Nous sertirons une riviére
        En diamants
Avec toute cette poussiére
        De firmament.

Alors, pareille à la madone
        D'un primitif,
Je t'érigerai sur un trône
        D'argent massif.

A tes pieds cerclés de topazes
        D'un reflet roux,
Je me prosternerai, sans phrases,
        A deux genoux,

Et, tandis que sous ta paupiére
        Aux cils soyeux,
Ainsi que des fleurs de lumiére,
        Luiront tes yeux,

Tu sentiras l'ardente extase
    De tous mes sens
Monter à toi, comme la gaze
    D'un pur encens.

FIÈVRE D'IDÉAL

A Paul Bourget.

Quand nous avons vingt ans, notre âme chaste encor
S'enivre en sa candeur d'une amour immortelle,
Nourrit des passions vastes, et sous son aile
Les couve, comme fait l'avare son trésor.

Nous aimons une vierge à l'auréole d'or,
— Blanche apparition de nos nuits, — avec elle,
Loin du monde, là-haut, vers la voûte éternelle
Nous brûlons de planer dans un puissant essor.

Le Ciel s'ouvre tout large au vol de notre rêve ;
Mais nous restons à plat sans qu'un vent nous enlève
Jusqu'à cet idéal, trop haut pour le saisir.

Et nous courons jeter ce superbe désir
Au lit d'une catin de rencontre, accourue
Sur nos talons, un soir, à l'angle d'une rue.

UNE SOIRÉE GAGNÉE

UNE SOIRÉE GAGNÉE

Il n'est pas tard, l'horloge sonne
Dix coups de sa voix de cristal,
Ecoute-moi, chère mignonne,
Qu'allons-nous chercher à ce bal ?

Fendre une foule qui se rue
Dans les salons de son préfet,
Et qui se bouscule, incongrue,
Pour prendre d'assaut le buffet.

Fréquenter un troupeau morose
De bourgeois discutant valeurs ;
Voir les teints, rongés de chlorose
Des vierges aux fades pâleurs,

Filles qu'une maman égrène
A travers les bals de Paris,
Pour que dans leurs jupes à traîne
Viennent s'empêtrer des maris.

Mouler les contours de ta gorge
Sur le gilet d'un *calicot*,
Soufflant comme un soufflet de forge,
Plus rouge qu'un coquelicot,

Afin que, perdant la cadence
De méchants airs estropiés,
Dans le tourbillon d'une danse,
Ce lourdaud t'écrase les pieds.

*
* *

Restons. Vois, les flocons de neige
Par blancs essaims tombent du ciel,
Dédaignons cette fête où siége
La fleur du monde officiel.

Restons près de la cheminée,
La flamme y chante ses chansons
Et la chambre est illuminée
Par les chauds éclairs des tisons.

Vois comme pétille la bûche,
Vois, l'aiguille des feux follets
Sur son manteau gris de peluche
Brode des festons violets.

Je te lirai quelque poète,
Un doux poète d'amoureux,
Un de ceux qui chantent la fête
Des vingt ans en vers savoureux,

Un de ces poètes intimes
Qui bercera nos rêves bleus
Sur l'escarpolette des rimes,
D'un balancement onduleux,

Ou bien des vers où l'on entende
Pépier les baisers badins
Sur la chair, ainsi qu'une bande
D'oiseaux piaillant dans les jardins.

Nous lirons tous deux, et le livre
Bientôt glissera de ma main,
Sur tes lèvres j'irai poursuivre
Le sens égaré du quatrain.

Restons, le lit profond et tendre
Sous ses courtines de satin,
Le grand lit semble nous attendre
Pour nous enfouir jusqu'au matin.

Là nous ferons jusqu'à l'aurore
Sans trêve, sans nous apaiser,
Comme sur un clavier sonore,
Frémir la gamme du baiser.

CARTE DE VISITE

CARTE DE VISITE

A George Bois.

Daigne accueillir, mon cher poëte,
Dans l'espoir que j'irai demain
    Serrer ta main,
Ces vers qu'à la bonne franquette,
En réponse à ton pied de nez,
    J'ai crayonnés.

J'ai lu tes vers pleins de malice,
Où le rire est mouillé de pleurs,
Comme ces fleurs
Qui penchent leur fluet calice
Sous les perles, dont le matin
Cout leur satin.

Je les ai lus, et crois comprendre
Qu'à mon cœur tu veux reprocher
D'être un rocher
Sec, sur lequel ne saurait prendre,
— Comme sur un ingrat terrain, —
Qu'un mauvais grain.

C'est vrai que toute une semaine
Je suis demeuré sans avoir
Pu te revoir.
Comment ma nature inhumaine
Peut-elle étaler sans pudeur
Tant de froideur ?

Comment sans être un cœur de roche,
Ou plutôt un cœur d'artichaut
    Fade et peu chaud,
Peut-on fuir un ami si proche,
Et le laisser enseveli
    Sous cet oubli ?

C'est bien là, n'est-ce pas, mon crime
D'être froid comme un iceberg
    Du froid Spitzberg ?
C'est pour ce malheur que ta rime
Vient m'inonder des sombres flots
    De ses sanglots ?

Mais il a tort, ton apologue
Qui me montre, en un trait mutin,
    Tel qu'un pantin.
Bientôt, ô mon cher homologue,
Chez toi tu nous verras voler
    Te consoler.

Demain donc j'assiège ta porte,
Et fais en sorte d'accourir
    Vite l'ouvrir,
Sinon que le diable t'emporte !...
Mais brisons-là, que ce discours,
    Tire au plus court,

Voilà ma verve qui se glace
Et la rime, cette catin
    A l'œil lutin,
Pourrait bien me céder la place
Pour aller joindre la raison
    Hors ma maison.

Donc, je t'annonce la visite
De ce pierrot sans foi ni loi
    Qui pense à toi;
Tu le recevras en ton gîte
Demain soir, non demain matin,
    Ce bon pantin.

Et si tu tires les ficelles
Secrètes qui le font mouvoir,
Tu pourras voir
Aisément qu'à l'une d'icelles
Est pendu, poète moqueur,
Un bout de cœur !

A UNE SOUBRETTE

Rubens eût fait flamber des feux de sa couleur
La mousse d'or qui frise à ta nuque ivoirine,
Ta joue et ton menton, ton cou, ta bouche en fleur,
Ton épaule arrondie et ta ferme poitrine;

Et Carpeaux, dans la glaise, eût fait avec ampleur
S'épanouir tes traits de faunesse, ô Dorine,
Et palpiter le rire au trille querelleur,
Qui retrousse ta lèvre rose et ta narine,

S'ils avaient pu te voir près d'Argan, vieux bougon,
En face de Tartufe ou du bonhomme Orgon,
Quand, les bras demi-nus et relevant tes manches,

Le bonnet sur l'oreille et les yeux impudents,
Et la riposte au bec, et les poings sur les hanches,
Tu fais dans un éclair étinceler tes dents.

LES JACQUEMART

DE LA CATHÉDRALE DE DIJON

LES JACQUEMART

DE LA CATHÉDRALE DE DIJON

A Émile Bergerat.

Qu'il neige, vente ou tonne,
L'hiver, l'été, l'automne,
On voit ces bons époux
Toujours debout.

Seuls à la même place,
Sans rien qui les délasse,
On les voit chevaucher
    Leur haut clocher;

Sous la pluie ou la grêle
Tous deux, d'un poignet grêle,
Scandent de leurs battants
    Le vol du Temps.

Fidèles à leur poste,
Ils donnent la riposte
Au cadran du donjon
    Du vieux Dijon.

Jamais dans les nuits nettes,
Sous l'œil bleu des planètes,
On ne les vit broncher
    Sur leur clocher.

*
*   *

Et cependant par une
Limpide nuit sans lune,
Ils se laissèrent choir
    De leur perchoir.

Ce couple qui s'honore
Sur le bronze sonore
De marquer sans écarts
    L'heure et les quarts,

Oublia la taloche
Dont il frappe sa cloche,
Pour cueillir à son tour
    Un brin d'amour.

Ce ménage si digne
Viola sa consigne.
Oui, leurs membres de zinc
Qui font dig ding,

S'unirent d'une étreinte
Effrénée, et sans crainte
D'effarer... proh pudor !
Les astres d'or.

Même on put les entendre
Dans l'enlacement tendre
De leurs spasmes stridents,
Grincer des dents.

On vit les saints de pierre
Abaisser leur paupière
En faisant deux ou trois
Signes de croix ;

Et le long des corniches,
Encaissés dans leurs niches
Les apôtres en deuil
    Loucher d'un œil ;

Mais là-haut la gargouille
Dans sa robe de rouille,
Et le démon cornu,
    Squammeux et nu,

Accroupi dans le vide
Comme une bête avide,
Ricaner, les sournois,
    En tapinois.

*
* *

C'était la douzième heure
Où, sous le vent qui pleure,

Les antiques coucous
Sonnent leurs coups.

Un... deux... trois... dix... puis douze !
Et Madame l'épouse
Se dresse, l'œil béant,
Sur son séant.

Et repoussant son homme
Qui l'accole et la nomme
Des surnoms les plus doux,
Vite à genoux,

Elle cherche dans l'ombre ;
Elle croit sans encombre
Empoigner aussitôt
Leurs deux marteaux.

Elle cherche à la hâte,
En vain... sa main qui tâte
Les coins et les recoins
    Ne trouve point.

« Tu l'as fait, gémit-elle,
Pendant la bagatelle,
Tomber sur le trottoir
    Notre heurtoir. »

La voilà qui sanglote
En rajustant sa cotte :
« Ah ! mon pauvre sonneur
    « Quel déshonneur !

« Hi ! hi ! hi ! mon pauvre homme,
« Le prévôt nous dégomme,
« S'il vient à le savoir...
    « Il a pu voir ! »

Lui, haussant les épaules
Devant ces hyperboles,
Réplique à sa moitié :
        « Tu fais pitié !

« Que veux-tu qu'on soupçonne.
« Dors tranquille, personne
« Sous ce ciel de lit noir
        « N'a pu nous voir. »

                    *
                *   *

Neuf mois après, dix, onze
Peut-être, au bas du bronze
Un petit Jacquemart,
        Gras et camard,

Apparut, le cher ange,
Gigottant dans son lange,
Dijonnais, à vos nez
Très étonnés.

LES JEUNES PESSIMISTES

LES JEUNES PESSIMISTES

A Sully Prudhomme.

« Après tout, quoi qu'en pensent les jeunes gens, le monde
aime mieux à rire qu'à pleurer, et il n'a pas tout à fait tort. »

(LEOPARDI).

Ils ont le pessimisme, et la désespérance,
A couronné leurs fronts d'un lugubre bandeau ;
Ils vivent sur ton sol, ils y sont nés, ô France,
Et leur doctrine exhale une odeur de tombeau.
Ah ! laissons-les broyer du noir à fortes doses
Et frissonner la fièvre en leurs membres tremblants,
    Les rosiers ont toujours des roses
    Et les muguets des grelots blancs.

Ils ont le pessimisme. Un tourment qui les ronge,
Fait suinter dans leurs cœurs une source de fiel,
Ils voient dans l'existence un lamentable songe,
Leurs yeux ne lèvent plus un seul regard au ciel.
Laissons-les ruminer leurs angoisses sans causes,
Pour se forger des maux qu'ils se battent les flancs,
    Les rosiers ont toujours des roses
    Et les muguets des grelots blancs.

Ils ont vingt ans ! Pour eux le printemps de la vie
Fermente dans sa sève et fait germer ses fleurs,
Mais ils n'ont pas de sens et leur âme, assouvie
De chagrins empruntés, s'abreuve de ses pleurs.
Laissons-les remorquer le troupeau des névroses
Qui tenaille leurs chairs de ses baisers sanglants.
    Les rosiers ont toujours des roses
    Et les muguets des grelots blancs.

Ce sont les enfants vieux d'un siècle qui bascule.
Répudiant la femme, ils blasphément l'amour ;
Le soleil leur paraît un astre ridicule,
Et jaloux de la nuit, ils maudissent le jour.
Laissons-les, se drapant dans leurs fatales poses,
Gémir sur leur destin en termes accablants :
    Les rosiers ont toujours des roses
    Et les muguets des grelots blancs.

Aucun éclair d'espoir ne sillonne leurs rimes,
Riches de consonnance et pauvres de raison ;
Aimer, rire, chanter, pour eux autant de crimes !
Le ciel leur pèse lourd comme un toit de prison.
Laissons-les se crisper en grimaces moroses
Et traiter les plus doux parfums d'aigres relents :
    Les rosiers ont toujours des roses
    Et les muguets des grelots blancs.

Ils ont pris dans leurs doigts épais la Fantaisie,
Ils ont rogné son aile à ce gai papillon,
Et depuis, sous leurs coups, la pauvrette saisie,
Se tord ainsi qu'un ver dans le creux d'un sillon.
L'aile repoussera, l'insecte aux nacres roses
Remontera dans l'air par bonds et par élans :
    Les rosiers ont toujours des roses
    Et les muguets des grelots blancs.

Pareil à l'escargot baveux dans sa coquille,
Leur esprit frelaté s'isole en maugréant,
Devant la peur de vivre il se recroqueville
Dans l'adoration inerte du néant.
Au progrès, au courant de ses métamorphoses,
Ils opposent en vain leurs dédains insolents :
    Les rosiers ont toujours des roses
    Et les muguets des grelots blancs.

Pour eux le travail est un capital sans rente,
L'homme afin d'être heureux doit s'abstenir d'effort,
Il faut briser dans l'œuf l'humanité souffrante,
Car le souverain Bien réside dans la mort.
Mais tous ces rêves creux à la face des choses
N'ont encor rien changé depuis bien des mille ans :
    Les rosiers ont toujours des roses
    Et les muguets des grelots blancs.

Mais ils ont lu *René* sur les bancs du collège,
Et *Werther* les a fait tomber en pâmoison,
Byron, Léopardi, Schopenhauer, que sais-je?...
Leur ont en gouttes d'or versé l'âcre poison,
Laissons-les s'enivrer de leurs textes à gloses
Et lâchement pousser leur plainte en cris dolents :
    Les rosiers ont toujours des roses
    Et les muguets des grelots blancs.

Ces nobles écrivains à la large envergure
Ont clamé leurs tourments en cris jaillis du cœur,
Et leur siècle écoutait ! Mais la morne figure
De nos jeunes vieillards rend notre âge moqueur,
Ils croient suivre en leur vol ces esprits grandioses
Tandis qu'au ras de terre ils butent chancelants :
    Les rosiers ont toujours des roses
    Et les muguets des grelots blancs.

Ce fléau passera comme fond un orage
Qui d'un ciel de printemps voile et ternit l'azur ;
L'esprit gaulois n'a pas sombré dans leur naufrage,
Son souffle balaiera notre horizon obscur,
Et chassant nos langueurs, dissipant nos chloroses,
De son aile il rafraîchira nos fronts brûlants.
    Les rosiers ont toujours des roses
    Et les muguets des grelots blancs.

Ce fléau passera sans plus laisser de trace.
Le terroir de la vigne est rebelle au houblon,
Le Pessimisme est lourd, et le Français de race
N'endossera jamais cette chape de plomb.
Cependant, respirons les fleurs à peine écloses
Et dans les sentiers verts cheminons à pas lents :

 Les rosiers ont toujours des roses
 Et les muguets des grelots blancs.

Mai 1885.

TABLE DES MATIÈRES

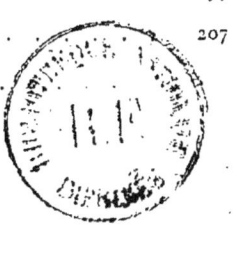

Achevé d'imprimer

le dix-sept mai mil huit cent quatre-vingt-sept

Par BOUFFAUT Frères, a GRAY

pour

ALPHONSE LEMERRE, ÉDITEUR

A PARIS

POÈTES CONTEMPORAINS

Volumes in-18 jésus, imprimés en caractères antiques sur beau papier vélin.
Chaque volume, 3 francs.

Gray. — Imp. Bouffaut frères